HOTEL DROUOT

=== SALLE N° 7 ===

☘

Vente du 28 Mai 1913

EXPOSITION

Le 27 Mai 1913

⊘

TABLEAUX

Anciens et Modernes

DESSINS, GOUACHES

AQUARELLES, etc.

COMMISSAIRE-PRISEUR

M⁰ J. ENGELMANN

3, RUE DES MATHURINS

EXPERT

M. GUSTAVE LEGAY

57, RUE CONDORCET

CATALOGUE

DES

TABLEAUX

Anciens et Modernes

DESSINS, GOUACHES

AQUARELLES, etc.

DONT LA VENTE AURA LIEU

HOTEL DROUOT -- SALLE N° 7

Le Mercredi 28 Mai 1913

A 3 HEURES

Me J. ENGELMANN	M. Gustave LEGAY
COMMISSAIRE-PRISEUR	EXPERT
3, Rue des Mathurins, 3	*57, Rue Condorcet, 57*

EXPOSITION

Le Mardi 27 Mai 1913, de 2 heures à 6 heures

DÉSIGNATION

TABLEAUX

GOUACHES

AQUARELLES

DESSINS

ECOLE HOLLANDAISE

1 — *La Halte.*

Dessins bistres.
Signature illisible au bas à gauche.

DOMINIQUE (W.)

2 — *Deux dessins pendants, rehaussés de lavis.*
Signé et daté 1777.

ROCHAT (Ecole Française)

3 — *Deux personnages.*
Gouache.

LELONG (Ecole de)

4 — *Nature morte.*
Deux gouaches.

BRISSET (P.)

5 — *Baigneuses surprises.*
Dessin rehaussé d'aquarelle.

ECOLE FRANÇAISE

6 — *Carosse et petits personnages.*

> Gouache.

6 bis — *Marines.*

> Deux aquarelles. Pendants.
> Signées Corol, 1803.

JORDAENS (Attribué à)

7 — *La Sainte Famille.*

> Toile.
>
> Haut. : 1m92 ; Larg. : 1m54.

BRUGES (Ecole de)

8 — *Descente de croix.*

> Panneau.
>
> Haut. : 0m64 ; Larg. : 0m54.

DROUAIS (Ecole de)

9 — *Jeune fille vêtue d'une robe de soie bleue.*

> Tenant dans sa main droite un oiseau dont elle est en train de
> rentrer en cage.
> Cadre doré de style Louis XVI.
> Toile.
>
> Haut. : 0m55 ; Larg. : 0m65.

GAEL (Adriaen)
(Elève de Van OSTADE)

10 — *Intérieur de ferme avec figures.*

> Toile.
>
> Haut. : 0m32 ; Larg. : 0m40.

HOLBEIN (Ecole de)

11 — *Portrait de l'archevêque de Canterbury.*

> Cadre bois sculpté.
>
> Haut. : 0m78 ; Larg. : 0m62.

DROUAIS (Ecole de)

12 — *Petit garçon vêtu d'une robe en mousseline.*

> Tenant dans sa main droite un moulin et dans l'autre un bouquet
> de roses.
> Cadre doré de style Louis XVI.
> Toile.
>
> Haut. : 0m55 ; Larg : 0m65.

PYNAKER (Attribué à)

13 — *Paysage avec torrent et figures.*

    Toile.

               Haut. : 0m84; Larg. : 1m20.

LEBRUN

14 — *Etude de décoration de plafond.*

    Grisaille.
    Toile.

               Haut. : 0m73; Larg. : 0m60.

JOUVENET (Jean)

15 — *Saint en prière.*

    Toile.

               Haut. : 1m03; Larg. : 0m83.

BOTH (Attribué à Jan)

16 — *Paysage montagneux avec figures.*

    Panneau.

               Haut. : 0m48; Larg. : 0m67.

HALS (Ecole de Franz)

17 — *Portrait d'un savant.*

    Toile.

               Haut. : 0m76; Larg. : 0m64.

ECOLE FRANÇAISE XVIII' SIÈCLE

18 — *Femme en chapeau.*

    Toile.

               Haut. : 0m30; Larg. : 0m38.

BOILLY (Ecole de)

19 — *Femme jouant de la harpe.*

    Toile.

               Haut. : 0m36; Larg. : 0m34.

FRANCK (Franz)

20 — *Sujet de l'histoire de Rome.*

    Panneau.

               Haut. : 0m28; Larg. : 0m37.

VÉRONÈSE (Paul)

21 — *Serment de moines devant le Pape.*

    Grisaille.

               Haut. : 0m28; Larg. : 0m37.

VALLIN

22 — *Paysage.*

Signé en bas à gauche.

Haut. : 0m24; Larg. ; 0m32.

RAEBURN

23 — *Portrait d'homme.*

Toile.

Haut. : 0m37; Larg. : 0m32.

ECOLE HOLLANDAISE

24 — *Paysage avec montagne et ruines.*

ECOLE FRANÇAISE

25 — *Portrait de jeune femme.*

Vêtue d'une robe de satin broché, tenant une rose à la main.

ECOLE HOLLANDAISE

26 — *Portrait de jeune femme.*

Toile.

Haut.: 0m31; Larg.: 0m24.

ECOLE FRANÇAISE

27 — *Le Moine satyre.*

Panneau.

Haut.: 0m32; Larg, : 0m25.

DESPORTES (François)

28 — *Chat dormant.*

Toile.

Haut. : 0m37; Larg. : 0m47.

CERQUEZZI

29 — *Nature morte.*

Melons, grenades, pêches, figues et raisins posés à terre devant des ruines de pierre.
Toile.

Haut. : 0m72; Larg. : 0m95.

DECAMPS

30 — *Portrait d'un Turc.*

Toile.

Haut. : 0m42; Larg. : 0m33.

ECOLE FRANÇAISE

31 — *Visite d'un ambassadeur en Hindoustan.*

Toile.

Haut.: 0ᵐ59; Larg.: 0ᵐ89.

CLAUDOT

32 — *Les Chasseurs.*

Toile.

Haut. : 0ᵐ28; Larg. : 0ᵐ42.

VALLIN (Ecole de)

33 — *Baigneuses.*

Haut. : 0ᵐ21; Larg. : 0ᵐ27.

HUBERT-ROBERT (Attribué à)

34 — *Le Tibre près de Rome (Effet de brume).*

Toile.

Haut.: 0ᵐ42; Larg. : 0ᵐ87.

ECOLE FRANÇAISE

35 — *Jeune fille à l'oiseau.*

Pastel.
Cadre ancien sculpté.

Haut.: 0ᵐ81; Larg. : 0ᵐ65.

DE CHAMPAGNE (Philippe)

36 — *Portrait d'un médecin.*

Toile ovale.

Haut. : 0ᵐ04; Larg. : 0ᵐ59.

ECOLE FRANÇAISE

37 — *Portrait d'une dame sous Louis XV.*

Cadre bois sculpté.
Toile.

Haut. : 1ᵐ46; Larg. : 0ᵐ38.

VLIEGER (Simon de)

38 — *Naufrage.*

Toile.

Haut. : 0ᵐ15; Larg. : 0ᵐ18.

WEENINX (Jean)

39 — *Gibier mort.*

> Un lapin, un perdreau et une bécasse morts au pied d'un arbre, gardés par un chien dans un paysage.
> Toile.

Haut. : 0m76; Larg. : 0m64.

CASANOVA (François)

40 — *Engagement de cavalerie.*

> Toile.

Haut. : 0m42; Larg.: 0m58.

DAVID (Attribué à)

41 — *Danaé.*

> Toile.

Haut. : 0m73; Larg. : 0m92.

MORALES

42 — *Saint François d'Assise en extase devant le Crucifix.*

> Cadre en bois sculpté.
> Toile.

Haut.: 1m; Larg. : 0m81.

ANDREA DEL VERROCHIO

43 — *L'atelier de Léonard de Vinci visité par un grand personnage.*

> Toile.

Haut. : 0m73; Larg.: 0m61.

PATER (Attribué à)

44 — *L'Amoureux timide.*

> Toile.

Haut. : 0m40; Larg. : 0m29.

BAUDRY (Paul)

45 — *Etude pour la décoration de l'Opéra.*

> Bois.

Haut. : 0m26; Larg. : 34 1/2.

ANDREA DEL SARTO

46 — *Jeux d'enfants.*

> Panneau.
> Cadre sculpté.

Haut. : 0m30; Larg.: 0m29.

BOUCHER (Attribué à)

47 — *Les Amoureux surpris.*

> Dessus de porte.
> Toile.
>
> Haut. : o^m81 ; Larg. : o^m86.

H. LEHAMAM (père)

48 — *Six études pour la décoration de l'Eglise Saint-Merri.*

> Signé à droite en bas : H.-L. 1845.
> Toiles collées sur zinc.
>
> Haut. : o^m6o ; Larg.: o^m65.

HUCHTENBURGH (Jan Van)

49 — *Combat de cavalerie.*

> Toile.
>
> Haut. : o^m67 ; Larg. : o^m86

KAREL DU JARDIN

50 — *Le Retour du marché.*

> Toile.
>
> Haut. : o^m58 ; Larg. : o^m46.

REGNAULT (Attribué à Henri)

51 — *Homme drapé dans un manteau bleu et vu à mi-corps de profil.*

> Etude.
> Toile.
>
> Haut. o^m55 ; Larg. : o^m46

AETHER

(Elève de Van der Neer)

52 — *Effet de nuit.*

> Signé à droite.
> Toile.
>
> Haut. : o^m5o : Larg. : o^m65.

TERBORGH (Attribué à)

53 — *L'Envoi du message.*

> Toile.
>
> Haut. : o^m52 ; Larg. : o^m41.

BONNINGTON (Ecole de)

54 -- *Les Adieux du cavalier.*

> Toile.
>
> Haut. : o^m34 ; Larg. : o^m45.

DE HEIN (Ecole de)

55 — *Nature morte.*

Toile.

Haut. : 0^m48; Larg. : 0^m62.

ÉCOLE FRANÇAISE

56 — *Jeune fille à l'oiseau.*

Pastel.

Haut. : 0^m76; Larg. : 0^m63.

LONGHI (Pietro)

57 — *Scène de Carnaval à Naples.*

Toile.

Haut. : 0^m61; Larg. : 1^m30.

NAVEZ (École de)

58 — *Portrait de femme Empire.*

Toile.

Haut. : 0^m49; Larg. : 0^m61.

POTTER (Attribué à Paul)

59 — *Le Marché du gros bœuj.*

Toile.

Haut. : 0^m61; Larg. : 0^m70.

COUSIN (Jean)

60 — *Le Jugement Dernier.*

Cuivre.

Haut. : 0^m40; Larg. : 0^m29.

ÉCOLE FRANÇAISE

61 — *Paysage.*

Deux gouaches.

ÉCOLE FLAMANDE

62 — *Intérieur d'église, animé de figures.*

Toile.

Haut. : 0^m63; Larg. : 0^m82.

HUBERT ROBERT (Attribué à)

63 — *Paysage et Château en ruines, avec figures.*

Toile.

Haut. : 0^m58; Larg. : 0^m74.

ÉCOLE FRANÇAISE

64 — *Paysage.*

Aquarelle.

ÉCOLE FRANÇAISE

65 — *Venise.*

Aquarelle. signée Joyant.

PALAMEDES (Stevens)

66 — *Halte dans un bivouac.*

Toile.

Haut : 0m59; Larg. : 0m84.

FUCHS (J.-B.)
(1814)

67 -- *Intérieur d'atelier d'Artiste-Peintre ; uniforme et équipe-
ment militaires posés sur une chaise.*

Toile.

Haut. : 0m45; Larg. : 0m37

LE VALENTIN (Jean de Boulogne)

68 — *Femme coiffée d'un turban rouge, tenant un œuf dans
la main.*

Toile.

Haut. : 0m65; Larg. : 0m48.

FRANCK (Franz

69 — *Le Christ tombe sous la croix.*

Cuivre.

Haut : 0m70; Larg. : 0m87.

DUPRÈS (Attribué à Jules)

70 — *Petit Paysage: Vaches paissant auprès d'une mare om-
bragée d'arbres.*

Bois.

Haut. : 0m12; Larg. : 0m18.

ROTTENHAMMER

71 — *La Résurrection de Lazare.*

Toile.

Haut. : 0m77; Larg. : 1 m.

COYPEL

72 — *L'Enlèvement d'Europe.*

> Toile.

> Haut. : 0m63 ; Larg. : 0m75.

POUSSIN (Attribué à)

73 — *Ermite.*

> Toile.

> Haut. : 1m55 ; Larg. : 1m30.

HOLBEIN (Attribué à)

74 — *Portrait d'un Magistrat.*

> Panneau.

> Haut. : 0m70 : Larg. : 0m54.

JACOB (Van Strik)

75 — *La Tour de Babel.*

> Panneau.

> Haut. : 0m49 ; Larg. : 0m93.

REMBRANDT (École de)

76 — *Portrait d'un jeune homme.*

> A peine âgé de 18 ans, petite armure, décoré d'un collier or, manteau velours foncé.
> Cadre bois sculpté et doré, ajouré.
> Toile.

> Haut. : 0m53 ; Larg. : 0m63.

WATTEAU (Attribué à)

77 — *Portrait d'un Comédien en costume oriental.*

> Toile.

> Haut. : 0m37 ; Larg. : 0m29.

LE BRUN

78 — *Sacrifice d'Iphigénie.*

> Toile.

> Haut. : 0m38 ; Larg. : 0m40.

ÉCOLE FRANÇAISE DU XVIIIᵉ SIÈCLE

79 — *Tête d'homme. Étude.*

> Homme vu de buste, appuyé sur une épée.
> Toile.

> Haut. : 0m41 ; Larg. 0m33.

CORREGIO (Attribué à)

80 — *Madeleine repentante.*

Toile.

Haut. : 0m63 ; Larg. : 0m50.

DAVID (Attribué à)

81 — *Le Repentir.*

Toile de forme ovale.

Haut. : 0m46 : Larg. : 0m48.

BROWER (Adrien) (École Hollandaise)

82 — *Le Mendiant.*

Bois.

Haut. : 0m24 ; Larg. : 0m3o.

DULLIN

83 — *Portrait du roi Louis XV.*

Toile rectangulaire.
Cadre doré.

RUYSDAEL (Attribué à)

84 — *Paysage rocheux avec torrent.*

Toile.

Haut.: 0m93 ; Larg.:0m77.

VAN THULDEN

85 — *Adam et Ève, chassés du Paradis.*

Cadre bois sculpté.
Cuivre.

Haut. : 0m52 : Larg. : 0m35.

ÉCOLE FRANÇAISE XVIIIe SIÈCLE

86 — *Portrait de femme.*

Toile ovale.
Cadre bois sculpté.

VAN DER NEER (École Hollandaise)

87 — *Un Moulin en Hollande. Effet de lune.*

Bois.

Haut. : 0m24 ; Larg. : 0m3o.

WOUWERMAN

88 — *Trois Chevaux de selle et leurs grooms.*

Panneau.

Haut.: 0m2 , Larg.: 0m28.

CLÉMENT (A.)

89 — *La Sieste.*

Ce tableau, le plus célèbre de l'œuvre de l'artiste, faisait partie de la Collection du duc de Morny.

Signé à droite : A. Clément, 1859.

Toile.

Haut.: 1m18; Larg.: 1m97.

GERRIT CLAESZ BLEKER

90 — *Bataille de Troye.*

Toile.

Haut.: 0m51; Larg. : 0m66.

HUET (Jean-Baptiste)

91 — *Grand Paysage antique. Scène pastorale.*

Signé au milieu et en bas : J.-B. Huet.

Toile.

Haut. : 0m97; Larg. : 1m35.

CHARDIN (J.-B.-S.)

92 — *Nature morte.*

Grappes de raisin blanc dans un plat, poires et pêches sur entablement de pierre.

Toile.

Haut. : 0m36; Larg. : 0m51.

BOUCHER (École de)

93 — *Jeux d'enfants.*

Toile.

Haut. : 0m46; Larg : 0m59.

BOULANGÉ (L.)

94 — *Paysage avec moulin.*

Toile.

Haut. : 0m46; Larg. : 0m55.

PANINI (École de)

95 — *Scène de Carnaval à Rome.*

Cadre Louis XVI bois sculpté.
Deux pendants.
Toile.

Haut. : 1m25 : Larg. : 0m82.

MONPER (J. de)

96 — *Fuyant l'incendie.*

Panneau.

Haut. : 0m32 ; Darg.   0m25.

ÉCOLE FRANÇAISE

97 — *Paysage.*

Aquarelle.

ÉCOLE FRANÇAISE

98 — *Femme au tambourin.*

Dessin mine de plomb.

POULET

99 — *Scène de ménage.*

Toile.

Haut. : 0m85 ; Larg. : 0m63.

KAREL DU JARDIN (École de)

100 — *Animaux dans un paysage.*

Toile.

Haut. : 0m43 ; Larg. 0m55.

BERRE (B.)

101 — *Paysage clair : Personnages et animaux.*

Signé en bas à droite.
Toile.

Haut. : 0m59 ; Larg. : 0m75.

RIGAUD (École de)

102 — *Portrait présumé de Mme la maréchale de Villars..*

Cadre oval Louis XIV, bois sculpté.
Toile.

Haut. : 0m55 ; Larg. : 0m45.

ÉCOLE FLAMANDE

103 — *Martyr d'un Saint.*

Haut : 0m50 ; Larg. :   40.

ÉCOLE FRANÇAISE (Genre Huet)

104 — *Petit Paysage montagneux. Personnages et animaux.*

Toile.

Haut. : 0m29 ; Larg. : 0m23.

NATTIER (Attribué à)
(1750)

105 — *Portrait de Mlle Moulin de la Gaufraie, dame de Jollivet, à l'âge de 34 ans, décédée à Morlaix en 1786.*

Cette inscription se trouve au dos du tableau.
Toile.

Haut. : 0m46 ; Larg. : 0m57.

MOREAU (École de)

106 — *Le Moulin à eau.*

Toile.

Haut. : 0m39 ; Larg. : 0m50.

LORRAIN (École de Claude)

107 — *Paysage avec cours d'eau.*

Toile.

Haut. : 0m37 ; Larg. : 0m49.

LARGILLIÈRE (Attribué à)

108 — *Portrait ovale de femme.*

Cadre sculpté.
Toile.

Haut. : 0m76 ; Larg. : 0m64.

PANINI (École de)

109 — *Ruines.*

Haut. : 0m53 ; Larg. : 0m74.

110 — *Sous ce numéro seront vendus quelques tableaux non catalogués.*